유럽행 티켓을 예매하시겠습니까?

BELLAURI AIR ✈

BOARDING PASS

BELLAURI AIR ✈

Name of Passenger

From	To	Date
KOREA	**EUROPE**	

Flight	Gate	Seat	Time

Name of Passenger

From: **KOREA**
To: **EUROPE**

Date: Flt:
Time:
Gate: Seat:

SPECIAL REQUEST
DO YOU HAVE AN UNFORGETTABLE MOMENT OF TRAVEL?

청춘유리

불안정에서 오는 자유를 기꺼이 사랑하는 사람. 언제까지 이름 앞에 '청춘'을 붙일 것인가에 대해 고민했지만 결국 할머니가 되어서도 그렇게 살고 싶다고 결정 내렸다. 12년간 여행을 했고, 시절마다 그 기억을 간직하기 위해 글을 썼다. 《오늘은 이 바람만 느껴줘》, 《당신의 계절을 걸어요》, 독립출판물 《그대의 봄》, 영월군과 함께 제작한 《그 여름, 젊은 달》을 펴냈다.

ⓞ travel_bellauri

유럽 예약

2021년 01월 12일 초판 01쇄 발행
2021년 02월 15일 초판 03쇄 발행

글·사진 청춘유리

발행인 이규상 편집인 임현숙 책임편집 황유라
편집1팀 이소영 황유라 마케팅실 강현덕 이인국 전연교 윤지원 김지윤 안지영 이지수
디자인팀 손성규 이효재 영업지원 이순복 경영지원 김하나

펴낸곳 (주)백도씨
출판등록 제 2012-000170호(2007년 6월 22일)
주소 03044 서울시 종로구 효자로7길 23, 3층(통의동 7-33)
전화 02 3443 0311(편집) 02 3012 0117(마케팅) 팩스 02 3012 3010
이메일 book@100doci.com(편집·원고 투고) valva@100doci.com(유통·사업 제휴)
블로그 blog.naver.com/h_bird 인스타그램 @100doci

ISBN 978-89-6833-291-3 03810
ⓒ청춘유리, 2021, Printed in Korea

유럽

• 나의 유럽 드리밍북 •

예약

글·사진 ___ 청춘유리

허밍버드
Hummingbird

Malta, Mdina

창밖으로 여린 눈이 내렸다. 몇 번의 잠을 자고 일어나니 벌써 겨울이 왔다. 성인이 된 이후 처음으로 온 계절을 한국에서 보냈지만 바깥의 온도가 얼마나 차가워졌는지는 잘 모른다. 올해는 유독 지난날을 돌이켜 볼 시간이 많았다. 여행하며 사는 일이 인생의 길이라고 믿었던, 살면서 떠나는 일을 너무나도 많이 해 오던, 그러나 더 이상 도망갈 곳이 없어진 나는 방구석 어디쯤에 앉아 지난 여행을 생각했다. 그러다 보면 내가 어디에 서 있는지 모를 길에 도달했다. 어디쯤 가고 있는지, 어디로 향하고 있는지, 진입하기 겁나는 터널 앞에 서서 저 안은 얼마나 짙은 어둠일지 생각했다. 다시 돌아가 멀쩡한 길로 걸어갈 수도 있지만 터널 바깥의 세상이 궁금해 발걸음이 쉬이 떨어지지 않았다. 이미 여러 번 그 맛을 경험해 봤기 때문일 것이다.

행복했던 기억은 언제나 불현듯 찾아와 밤잠을 못 이루게 했다. 온갖 부산하던 일들이 과거의 기억이라는 말로 정의되어 현재의 나를 문득문득 행복하게 만들었다. 한 달에 두어 번쯤, 그러니까 계절의 변화가 자그맣게 일어나 시곗바늘이 돌아가는 일에도 회의감이 들던 날에는 그렇게 가만히 앉아 지난날을 상기했다.

자주 외딴섬에 홀로 앉아 끝없는 지평선을 마주했다. 지평선의 끝은 오지 않을 걸 알아서인지 슬픔의 파도는 자꾸만 백사장으로 밀려와 내 자리를 침범했다. 바다에 잠길까 겁이 났지만 시간이 지날수록 거칠고 딱딱한 돌멩이들이 부드럽고 유연해졌다. 겁이 났던 마음은 역설적이게도 파도와 함께 머무는 힘을 가르쳤다. 그리고 지난 시간의 소중함을 절실히 담아 두게 했다. 한 번도 경험하지 못한 존재가 한낱 무료하게 흘러가기만 하던 일상에 창궐했을 때, 그래서 그 모든 것들을 잃게 만들었을 때, 그제야 마음속에서 무언가 깨어났다.

우리는 가끔 외부적인 것들로 인해 삶의 길을 잃기도 하지만, 사라진 길에서 문득 보이지 않았던 내부의 반짝이는 것들을 만나기도 한다. 지금이 그렇다. 왜 그렇게 어디쯤 왔다고 멋진 표식을 남기며 살고 싶었는지는 모르겠지만 많은 것들이 사라진 지금, 그 어느 때보다 내게 주어진 것들을 사랑하게 됐다. 얼굴을 드러낸 채 서울의 공기를 맡는 일, 부모님을 뵈러 자주 친정에 내려가는 일, 남편과 함께 심야 영화를 보는 일, 친구들과 함께 술을 거나하게 마시는 일, 그리고 내가 가장 사랑하는 여행을 떠나는 일. 모든 것은 기억에서 시작되어 그리움으로 끝이 났다. 그리고 다시 희망을 품었다.

이 글은 케케묵은 무형의 기억과 유형의 기록들을 오감으로
삼켜 가며 쓴 글이다. 그래서 가끔은 과하게 미화되거나 과장
된 행복이라고 느껴지는 경우도 더러 있다. 하지만 이것이 그
리움이 하는 일이다. 아마 이 책을 읽는 당신에게도 유럽에
관한 저마다의 기억이 있을 것이다. 잊지 못할 냄새와 풍경과
온도에 여전히 머무는 당신이 있을 것이다. 애석하게도 우리
의 육체는 여기에 있지만 다행인 일은 정신과 마음은 눈을 감
고도 어디든 훨훨 날아갈 수 있다는 것이다. 이 작은 한 권의
책이 당신의 날갯짓에 힘을 불어넣어 줄 바람이 되었으면 좋
겠다. 피르스트의 정상에서, 두브로브니크의 해 질 녘 성벽에
서, 세비야의 뜨거운 나무 아래에서, 파리의 아침을 여는 메
트로 안에서. 당신과 내 기억 그 사이 어디쯤에서 같은 감정
으로 만나 길 위를 함께 여행하고 싶다. 파도가 지나간 자리
에서 우리는 다시, 여행을 떠난다. bon voyage.

다시 봄으로 가는 길목에서, 청춘유리

CONTENTS

PROLOGUE 4

유럽 여행을 시작하기 전에 10

FIRST TRAVEL

사랑에
빠지는

순간

SECOND TRAVEL

사색에
젖어 드는

순간

MOMENT 1   티켓이 발권되었습니다 14

    ————   A MAP OF THE WORLD 16

    ————   MY TRAVEL PLAN 18

MOMENT 2   상공 23

MOMENT 3   몽돌 해수욕장 25

MOMENT 4   우리들의 파리 27

    ————   Q & A 31

    ————   MY TRAVEL ROUTE 34

MOMENT 5   행복이란 38

MOMENT 6   그때, 여름 냄새 40

MOMENT 7   프라하, 그 여름밤 44

    ————   Q & A 47

MOMENT 8   도망과 여행 사이 52

MOMENT 9   to the dream 56

MOMENT 10   mind and heart 61

MOMENT 11   존재 그 자체 62

MOMENT 12   청소 70

    ————   TICKET BOOK 74

MOMENT 13   괜찮아 괜찮아 79

MOMENT 14   너의 일상, 나의 여행 82

MOMENT 15   oh my Killiney Hill 84

MOMENT 16   그 시절 88

    ————   Q & A 90

MOMENT 17   혼자였지만 94

MOMENT 18   혼자가 아니었다 96

MOMENT 19   다시 아침이 온다 98

    ————   POST CARD 101

MOMENT 20   여전히 빛나는 것 106

MOMENT 21   취기 109

MOMENT 22   밤은 곧 아침이 된다 110

    ————   KEEP A DIARY 114

THIRD TRAVEL

아무것도
하지 않아도 좋은

순간

FOURTH TRAVEL

감정이
충만해지는

순간

MOMENT 23 song for you 125

＿＿＿＿＿ PLAYLIST OF
THE MOMENT 128

MOMENT 24 summer time 130

MOMENT 25 모든 마음은 흘러간다 132

＿＿＿＿＿ Q & A 136

MOMENT 26 리듬 140

MOMENT 27 작은 여행 143

＿＿＿＿＿ MY TRAVEL ROUTE 144

＿＿＿＿＿ TICKET BOOK 148

MOMENT 28 아드리아해 152

MOMENT 29 오늘이 간다 158

MOMENT 30 언제나 그곳에 161

＿＿＿＿＿ POST CARD 163

MOMENT 31 지금 내게 무엇이 가장
하고 싶냐고 묻는다면 174

＿＿＿＿＿ MY TRAVEL PLAN 178

MOMENT 32 miss you so much 183

＿＿＿＿＿ Q & A 185

MOMENT 33 당신의 첫 비행을 기억하나요? 188

＿＿＿＿＿ RECORD THE MOMENT 192

MOMENT 34 지하철을 타고 199

MOMENT 35 푸르름 200

MOMENT 36 my wish 204

＿＿＿＿＿ KEEP A DIARY 206

MOMENT 37 우리가 여행을 떠나는 이유 210

＿＿＿＿＿ Q & A 214

MOMENT 38 안아 줄게 217

MOMENT 39 D-365 218

＿＿＿＿＿ Q & A 220

MOMENT 40 약속 225

MOMENT 41 즐겁게 내려오는 일 226

BEST MOMENT IN EUROPE 232

유럽 여행을 시작하기 전에

MY TRAVEL ROUTE

여행을 떠나기 전 앞으로의 여행을 계획하며 그날그날의 이동 경로를 적으면서 나만의 지도를 만들 수 있는 페이지입니다. 당장 떠날 수 없는 지금, 앞으로 유럽 여행을 가게 된다면 어떤 도시에서 어느 곳에 들르고 어디를 거닐며 여행하고 싶은지 상상하면서 적어 봐도 좋겠죠?

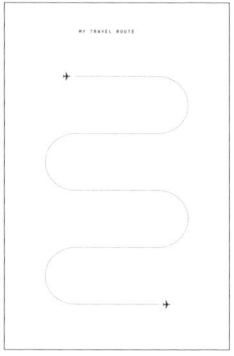

MY TRAVEL PLAN

여행지에서 하고 싶은 일, 먹고 싶은 음식, 가고 싶은 곳, 사고 싶은 것 등을 기록하는 페이지입니다. 여행을 떠나기 전 반드시 해야 할 일이나 잊지 말아야 할 것을 메모하는 체크리스트 페이지로 활용해도 좋아요.

TICKET BOOK

항공권, 박물관, 전시회, 콘서트, 스포츠 경기의 티켓이나 쇼핑 영수증, 교통권 등 간직하고 싶은 추억거리들을 붙여 보세요. 별점과 함께 나만의 코멘트를 덧붙인다면 그때의 감정과 감상을 더 오래 기억할 수 있을 거예요.

KEEP A DIARY

여행의 모든 시간이 소중하지만, 보다 특별하게 기억에 남는 순간
을 자유롭게 기록해 보세요. 간단하게 드로잉을 하거나 스크랩을
할 수도 있어요. 언젠가 떠날 유럽을 상상하면서 미래의 일기를 써
봐도 좋겠죠?

PLAYLIST OF THE MOMENT

음악은 그 순간을 더욱 또렷하게 만드는 데 좋은 매개체가 되죠. 아
름다운 유럽의 사진과 그에 어울리는 저자의 추천 플레이리스트와
함께 나만의 플레이리스트를 만들어 보세요. 빈칸에는 그림을 그
리거나 추억을 적으며 음악이 함께한 풍경을 남겨 보세요.

POST CARD

여행에 대한 간절한 마음을 담아 편지를 적는 엽서 페이지입니다.
내가 사랑한 유럽의 순간들을 떠올리며 그곳에 있을 미래의 나에
게 편지를 쓰거나, 여행을 떠나지 못해 힘들었던 마음을 위로하며
다가올 희망을 남겨 보세요.

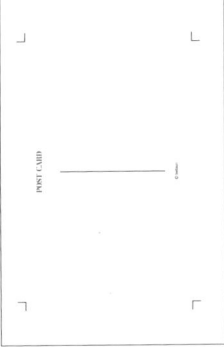

fall

in

love.

사랑에 빠지는 _____ 순간

돌이켜 보면 나는 여행을 떠나기 전 항공권을 끊을 때부터 스트레스를 받는 사람이었다. 몇 분마다 변경되는 가격에 혹시라도 더 저렴한 표가 있을까 모든 항공권 사이트를 검색하고, 그 표를 놓칠세라 밤을 새우는 일이 다반사였다. 자꾸만 결제 승인이 거절되는 카드 때문에 기차표를 끊는 것에 애를 먹고, 한화 결제에 붙은 수수료를 보며 낙담하기 일쑤였다. 그러나 고생 끝에 티켓이 발권됐을 때의 설렘, 메일함에 예매 내역이 성공적으로 날아왔을 때의 쾌감은 이루 말할 수 없었다. 마치 인생에서 대단한 일을 이룬 것처럼 기뻐했다. 이렇듯 여행을 계획하는 일은 내가 의도한 스트레스였다. 복잡한 마음속에서 유일하게 기꺼이 받아들일 수 있는 스트레스. 그것이 내가 사랑하는 일로부터 왔다는 생각은 언제나 묘한 안도감을 가져다주곤 했다.

여행 계획을 세우는 날에는 머릿속에 작은 지도를 펼쳤다. 나는 집 앞 카페에서도 이미 여행 중이었다.

Switzerland, Zurich

"머릿속에 작은 지도만 펼치면, 내가 있는 곳이 곧 온 세계가 된다."

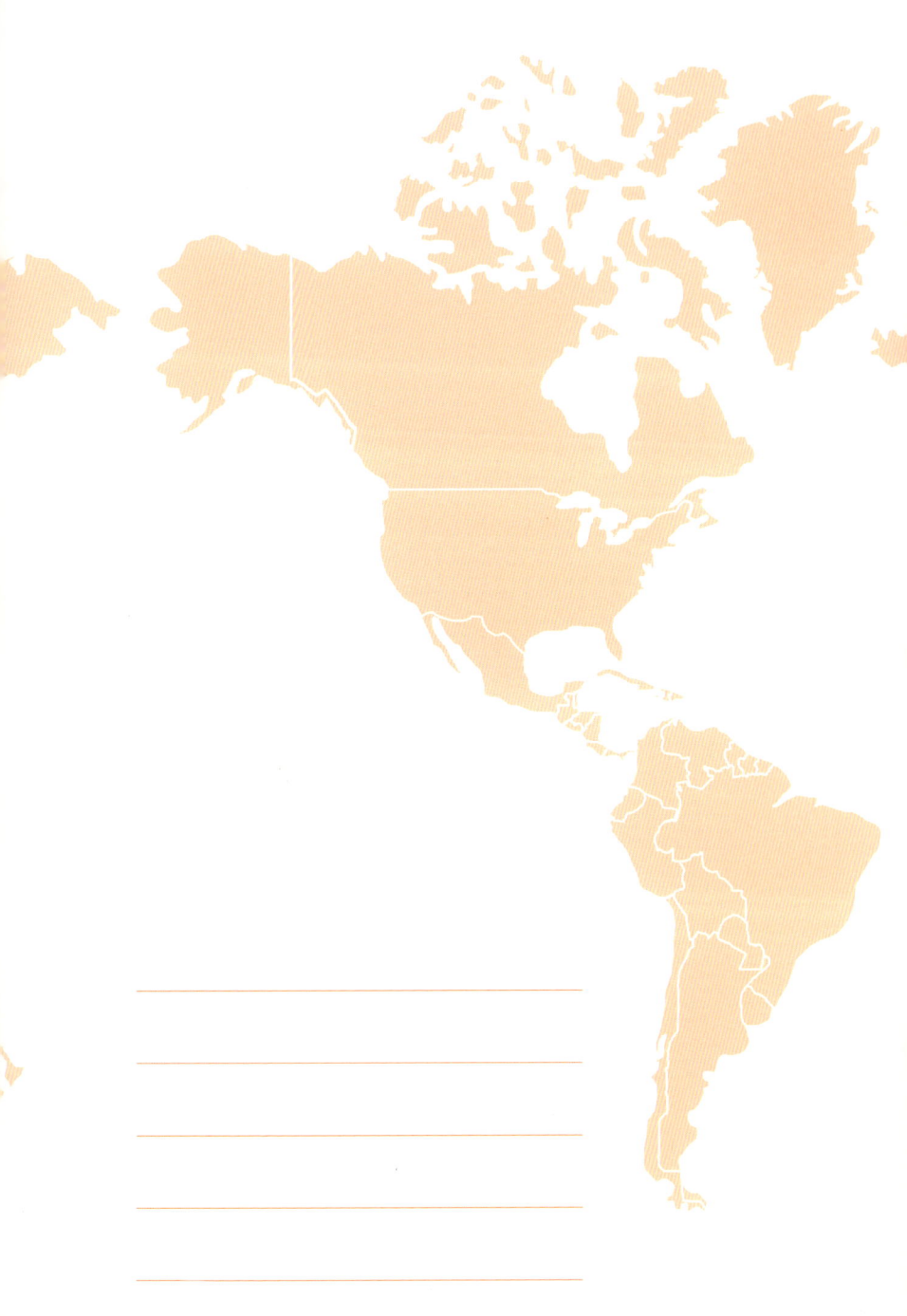

MY TRAVEL PLAN

_____ / ___ /

☐ TO DO
☐ WISH
☐ FOOD
☐ PLACE
☐ _____

☐
☐
☐
☐
☐
☐
☐
☐
☐
☐
☐
☐
☐
☐
☐

MY TRAVEL PLAN

/   /

- ☐ TO DO
- ☐ WISH
- ☐ FOOD
- ☐ PLACE
- ☐ _____

☐
☐
☐
☐
☐
☐
☐
☐
☐
☐
☐
☐
☐
☐
☐

MY TRAVEL PLAN

_____ /   /

☐ TO DO
☐ WISH
☐ FOOD
☐ PLACE
☐ _____

☐ _____
☐ _____
☐ _____
☐ _____
☐ _____
☐ _____
☐ _____
☐ _____
☐ _____
☐ _____
☐ _____
☐ _____
☐ _____
☐ _____
☐ _____

MY TRAVEL PLAN

_____ / /

- ☐ TO DO
- ☐ WISH
- ☐ FOOD
- ☐ PLACE
- ☐ _____

☐ _____

☐ _____

☐ _____

☐ _____

☐ _____

☐ _____

☐ _____

☐ _____

☐ _____

☐ _____

☐ _____

☐ _____

☐ _____

☐ _____

☐ _____

까무룩 잠든 사이 어느새 영화는 끝났다. 사람들의 웅성거리는 목소리와 와인잔 부딪치는 소리만이 가라앉은 공기 위에 맴돌았다. 이내 착륙을 알리는 방송과 함께 안전벨트 착용 알림 소리가 울리고, 비행은 그렇게 끝이 났다. 하늘 위에는 퉁퉁 부은 다리 정도야 코웃음 치며 이겨 내게 하는 설렘이 있었다.

France, Nice

MOMENT 3 몽돌 해수욕장

해 지는 니스 해변. 희미한 핑크빛이 온 도시를 감싸고, 향기처럼 여기저기로 퍼지기 시작했다. 니스를 사랑하는 이들이 하나둘 해변을 채우고서는 작은 몽돌 위에 앉아 인생의 크고 작은 이야기를 나누었다. 일정한 속도로 밀려오는 파도 소리에 해변에는 유연한 안정감이 흘렀다. 슈퍼에서 산 3유로짜리 와인을 들고 앉아 지평선을 바라보고 있자니 내로라하는 카페나 바가 부러울 것이 없었다.

여기, 니스 바다에서만 느낄 수 있는 차분함이 있었다. 핑크빛 하늘을 가로지르는 비행기들이 수없이 날아가고, 눈을 감으면 이곳이 어디든 스며들어 금방이고 사라지고 싶은 마음이 들었다.

France, Paris

파리는 악취가 심하다. 정체 모를 다리 밑을 지나갈 땐 더욱 조심해야 한다. 밤의 골목은 처음 보는 공포 영화만큼이나 적막하고, 낮에는 전 세계에서 몰리는 관광객으로 북적이지 않는 곳이 없다. 소매치기는 말할 것도 없다. 눈 뜨고 코 베이는 곳이 바로 여기, 파리다.

그럼에도 나는 파리를 사랑한다. 형용할 수 없는 단어들로 여기저기 이름 붙여 놓은 기억들이 많다. 늦은 오후에 일어나 마레 지구를 집 앞 삼아 산책하고, 너무도 익숙해진 몽마르트르 언덕에 올라 버스커들의 노래를 듣고, 동네 슈퍼에 들러 시리얼과 과일을 사고, 그 유명한 파리 크루아상을 입에 물고 이름 모를 길들을 걸어 다닌다. 걷다가 다리가 아프면 에펠탑으로 가는 버스에 타서는 내내 창밖만 바라봐도 즐겁다.

화이트 에펠이 펼쳐지면 일 년 내내 눈을 기다리는 계절에 사는 사람처럼 모두가 그 순간만을 위해 환호한다. 다른 언어를 쓰고, 다른 얼굴을 가지고, 다른 삶을 사는 사람들이 삼삼오오 모여 앉은 공원에서 모든 마음이 하나가 되어 파리의 하늘 위로 떠오른다.

이것이 내가 파리를 사랑할 수밖에 없는 이유다. 언제 가도, 언제나 사랑하고 있는 사람들로 가득한 도시. 한때 사랑을 하고 싶었던 스물두 살의 내가 여전히 기다리고 있는 도시. 사실은 에펠탑이 아니라 그때의 내가 보고 싶어서였다고, 괜한 그리움을 빙자해 몇 번이고 그곳으로 돌아가고는 했다. 영원히 비워 내지 않을 상자 속 편지처럼 파리는 그렇게 내게 머물러 줄 것만 같다.

27

France, Paris

Romania, Brasov

Q. 가장 가고 싶은 유럽의 도시는 어디인가요?

A.

Q. 누구와 함께 떠나고 싶나요? 물론 혼자여도 좋을 거예요.

A.

Q. 그곳에 있다고 상상해 보세요. 지금 당장 하고 싶은 건 무엇인가요?

A.

Latvia, Riga

밟고 지나쳐 버릴 물 웅덩이에서

파랗게 갠 하늘을 발견하는 일.

남프랑스가 가장 아름다워지는 7월이 찾아왔다. 여름이 만개
할수록 이 땅은 보랏빛을 머금고 풍만해진다. 차를 타고 가다
보면 갓 피어나 바람에 흔들리는 어린 라벤더들이 보이기 시
작하는데 처음엔 하나의 땅에, 조금 더 가면 두 개의 땅에, 그
리고 끝끝내 온 대지가 만발한 라벤더로 가득하다. 보랏빛 바
다와 하늘이 땅에 자란 나무를 두고 서로 마주하고 있다.

불어오는 여름 바람에 라벤더도 제 향을 기꺼이 뽐내며 여기
저기로 밀려가고 있었다. 향은 누군가에게 사랑을, 기억을, 꿈
을 떠올리게 했다. 일 년에 한 번, 자연과 사람으로부터 주어
지는 이 풍광을 담으려고 전 세계 각지에서 사람들이 모였다.
모두 한마음으로 이 땅을 기억하기 위해 분주하게 움직였다.
해가 떠오르자 라벤더들은 더욱 또렷하게 흔들렸고, 서 있던
모든 이들이 하나같이 같은 곳을 응시했다.

40

새벽 한기가 조금씩 녹아든다. 내 옆에는 꿈을 이룬 자들이 있
다. 이곳 하나만 보고 멀리서 떠나온, 눈앞에서 꿈을 마주한
사람들의 표정이 있다. 내가 이 풍경을 사랑한 건 비단 이곳의
아름다움 때문만은 아닐 것이다. 부디 우리 모두가 이 순간을
잊지 않고 살아가길 바란다.

France, Valensole

France, Valensole

프라하, 그 여름밤

종종 눈물이 나는 날이 있었다.

대자연 앞에서

한없이 아무것도 아닌 나를 볼 때나

사무치게 잃고 싶지 않은 밤을

마주할 때 그랬다.

Czech, Cesky Krumlov

갓 여름이 찾아온 프라하. 밤은 와도 어둠은 내리지 않던 도시를 걸으며 바람을 맞고 있었다. 익숙해진 밤거리에서 문득, 잃고 싶지 않은 밤들이 내게 일상이 되었다는 사실에 벅차올랐다. 멋쩍게도 눈물이 났지만 지나가는 사람들에게서 비슷한 감정의 냄새가 났다. 정겨운 골목, 행복한 언어들의 향연, 방해되지 않을 정도의 소음과 그 속에 스며든 내 모습. 이 밤이 나를 위해 빛나는 것도 아닌데 꼭 특별한 사람이 된 것만 같았다. 다리 위에 서서 오늘이 천천히 흘러가길, 내일이면 사라질 이 감정이 조금만 더 머물다 가길 바랐다.

Croatia, Dubrovnik

Q. 때때로 여행은 냄새나 소리, 색깔로 기억되기도 하죠.
   당신에게 유럽은 어떤 모습인가요?

A.

Q. 시간이 흘러도 절대 잊히지 않는 감정을 떠올려 보세요.

A.

Montenegro, Zabljak

Czech, Prague

나는 왜 그렇게도 여행을 사랑했을까. 열여덟 살 어느 날, 일
본의 한 시골 마을에서 나를 훅 치고 달아난 찰나의 감정을 느
낀 이후 단 한 번도 여행을 동경하지 않은 날이 없었다. 단순
히 여행을 하고 싶은 마음은 나를 출발선상에 올리기까지 많
은 시간이 걸렸지만, 일상으로부터의 탈출이 간절해지는 순
간은 그간의 노력이 우습게도 당장 비행기 티켓을 끊게 만들
었다.

도망치듯 떠났지만 매 순간이 도피인 것만은 아니었다. 떠나
기 위해 밤낮으로 일하며 경비를 채워야 했고, 여행지에 도착
하고 나서도 내 목적지가 어딘지 모르는 외로운 이방인이 되
어야만 했다. 도망쳐 온 곳에선 더 이상 도망칠 길이 없었으니
그제야 내가 여기서 살아남아야 함을 직감했다. 때로는 스스
로에게 연민의 감정이 들 만큼 처량한 신세에 한탄하기도 했
으나 여행 중이었으므로 크게 개의치 않았다. 도망 온 자의 마
음에 불안이란 없었으니 그제야 여행이라 불러 마땅했다.

Slovenia, Bled

자고 싶을 때 자고, 하기 싫으면 하지 않는 단순 무구한 생활이 좋았다. 그런 단순함이 지겨워질 때면 내 마음이 잘 쉬고 있는 증거라고 생각했다. 좋은 사람들을 만나면 웃고, 나와 맞지 않는 사람을 만나면 뒤돌아 내 길을 갔다. 꿈에서만 만날 수 있던 랜드마크들을 보며 희열을 느끼고, 가끔은 잘못 들어선 길에서 만난 인연이 전부가 되기도 하는 한 치 앞도 알 수 없는 이 행위들이, 말랑해진 마음을 여기저기로 두는 일이 좋았다. 일상으로 돌아가서 다시 냉혹한 현실을 견뎌야 한다는 생각이 종종 행복의 틈새를 비집고 들어왔으나 신경 쓰지 않았다. 지금 느끼는 이 감정이 어쩌면 남은 인생을 지켜 줄 버팀목이 되어 줄 거라 믿었으니까.

여행을 사랑하는 이유는 아주 단순한 것으로부터 온다. 속계에서 떠나 낭만 속에 살고 있는 듯한 착각인지 현실인지 모를 여행지에서 누군가의 눈치를 보지 않고 내가 하고 싶은 대로 하는 것. 타고 가던 기차에서 내려 목적지 없이 길을 걸어도 불안해하지 않는 것. 언제고 내 행복을 선택할 수 있는 것.

여행은 내게 늘 치열했지만 매 순간이 새로움이었고, 네 삶에 즐거움이 있다면 이런 것이다 하고 알려 주는 우거진 숲속의 표지판 같았다. 그리고 그보다 중요한 것은, 도망치고 포기하고 늦어서 좌절하는 것이 인생의 실패와는 무관하다는 사실을 알려 주었다. 여행에 대단한 의미를 부여하려는 마음은 아니지만 역시나 가 본 사람은 안다. 큰 것을 얻으려 하면 뭔가를 잃어버려 가벼워지게 하고, 비우고 가면 생각지도 못한 것들을 채우게 만드는 것이 여행이라는 것을.

그래서 우리는 자꾸만 여행을 떠난다.

어느 날, 오랜 친구가 내게 꿈이 뭐냐고 물었다. 꿈?
모르겠다. 그냥 잘 살고 싶어. 그 질문에 대답하기 위
해 휴대폰을 한참 만지작거렸다.
꿈이란 실현하고 싶은 희망이나 이상을 말한다. 그리
고 인간은 대체로 그것을 이루거나 가지기 위한 삶을
좇으며, 실현하는 일을 대단하다고 평가한다. 다만 성
취하고 난 뒤의 상실에 대해서는 누구도 집중하지 않
는다.

스무 살, 본디 사람은 꿈을 꾸고 살아야 하며 끊임없
이 도전해야 한다고 외치던 그 시절. 원하는 목표를
위해 달려가는 내 모습이 좋았고, 삶의 이유가 뚜렷해
짐에 따라 몸에서 뿜어져 나오는 에너지를 사랑했다.
꿈을 이루고 나면 더 멋진 세상이 기다리고 있을 줄
알았지만, 이후에 찾아오는 상실감은 내 계획에는 없
던 것이었다. 흐드러지는 상실과 성취가 반복되면서
내게 남은 건 결국, 꿈을 이루는 순간보다 꿈이 있는
삶이 얼마나 가치 있는 것인가였다. 가고 싶었던 목적
지에 도착한 순간보다 가는 길에 만난 것들이 더 기억
에 남는 여행도 마찬가지이지 않나.

Hungary, Budapest

요즘 내게 꿈이 뭐냐고 물어보면 '여행하며 사는 삶'이라고 이야기한
다. 내 인생에서 여행은 필연적이고, 그보다 사랑하는 행위는 없으니
까. 내가 원하는 빛이 있는 길로 걸어간다면 적어도 외롭지는 않을
것 같다. 이유 있는 생애를 살아갈 때 나오는 그 힘을 믿는다.

Czech, Prague

Austria, Bad Ischl

여행을 할 때면 뒷굽이 해진 운동화를
신고 닳은 티셔츠를 입고 있어도 마음
만큼은 누구보다도 성공한 것처럼 느껴
졌다. 중요하고 온전한 것들은 외부가
아닌 내부에서 채워질 때 비로소 완성
되는 것이니까.

우리는 그것이 완벽한 낭만이 아닌 걸 알지만
온전한 낭만이었다는 것을 안다.
다시는 가질 수 없는 아름다운 하루였기도 하다가
다시는 만나고 싶지 않은 기억인 날도 있다.

하지만
휘몰아치는 하루하루를
기꺼이 살아 냈던 우리는,

여행하는 자체로
아름다운 존재였음을
잊지 말아야 한다.

Switzerland, Lake Trubsee

WRITE YOUR DREAMING OF TRAVEL

WRITE YOUR DREAMING OF TRAVEL

be

lost in

thought.

사색에 젖어 드는 _____ 순간

MOMENT 12 **청소**

하릴없이 집에 누워 있는 날이 반복되고, 이따금 떠나는 것에 대한 공허함이 느껴질 때면 청소를 하곤 했다. 자유로이 여행을 하던 지난 시절을 향한 배고픔이 채워지지는 않았으나 잠시나마 허기를 달래기에는 퍽 괜찮은 행위였다.

화장대를 청소하던 어느 날, 먼지가 내려앉은 서랍장에서 오래된 티켓들이 쏟아져 나왔다. 또렷했던 잉크가 반쯤 지워진 항공권, 교통카드와 입장권, 다 기억도 못할 거지만 추억이랍시고 모았던 슈퍼마켓 영수증. 어디로 가는 항공권인지 알아볼 수도 없을 만큼 희미해진 잉크만큼이나 불쑥 지나간 세월이 느껴졌다. 버릴까 아니면 가지고 있을까, 몇 번도 더 고민하는 사이 어느새 어디론가 사라져 버린 것들이다.

Finland, Helsinki

내 몸만 한 배낭을 메고 밤의 골목을 걷던 나와,
청소를 하면서 떠날 수 없는 마음을 달래는 지금
의 나. 그 시간의 간극에서 그제야 돌이킬 수 없는
현실을 직감했다.
오래된 종이에서 냄새가 났다. 희미해지는 냄새
였다. 두려움이 물씬 몰려왔다. 청소를 하다 말고
그때의 나를 잊지 않기 위해 그것들을 다시 차곡
차곡 모아 상자에 담았다.

Croatia, Dubrovnik

TICKET HERE

TITLE

DATE

☆ ☆ ☆ ☆ ☆   / 100

COMMENT

☐ EXHIBITION ☐ CONCERT ☐ MOVIE
☐ SPORT ☐ MUSICAL ☐ TRAVEL ☐ _____

TICKET HERE

TITLE

DATE

☆ ☆ ☆ ☆ ☆   / 100

COMMENT

TICKET HERE

TITLE

DATE

☆ ☆ ☆ ☆ ☆   / 100

COMMENT

☐ EXHIBITION ☐ CONCERT ☐ MOVIE

☐ SPORT ☐ MUSICAL ☐ TRAVEL ☐ _____

TICKET HERE

TITLE

DATE

☆ ☆ ☆ ☆ ☆ / 100

COMMENT

France, Provence

MOMENT 13 괜찮아 괜찮아

여행 중에 크게 아팠던 적이 있다. 영양소는 생각지 않고 배만 채울 요량으로 반년 이상을 싸구려 빵만 먹고 살다 보니 면역력이 크게 떨어진 것이다. 몸무게도 10kg 이상 증가했다. 살이 쪘네 싶다가도 이내 머리카락으로 턱을 가리며 이 정도면 괜찮다고 생각하고, 귀가 아파 소리가 잘 안 들리면서도 이어폰을 꽂으면 다시 소리가 생생히 들린다는 사실에 안심하고는 했다. 나는 분명 나빠지고 있었지만 자꾸만 안도할 방안들을 찾아냈다. 그러던 어느 날, 아침에 일어나 보니 베개가 피와 고름으로 한가득 젖어 있었다. 그제야 심각성을 직감하고 응급실을 찾았다. 가는 내내 불안했지만 버스 창밖의 아름다운 풍경을 보며 또다시 불안감을 밀어냈다.

바이러스에 감염돼서 몇 달간 약을 먹어야 하지만, 돈이 없어 일주일 치의 약만 받아 버스를 타고 돌아오던 길. 중간에 내려 내가 좋아하는 길을 걸었다. 지평선 너머에서 해가 지고, 이슬을 머금은 풀들이 바람에 흔들리며 빛을 더 멀리 뽐내고 있었다. 피와 고름이 흘러나오는 귀를 솜으로 막고, 휴대폰 아래 작은 스피커로 노래를 들었다. 마음의 안정제와도 같은 것이었다. 괜찮지 않았지만 이 상황을 기꺼이 받아 줄 사람도, 괜찮다고 나를 달래 줄 누구도 없으니 스스로 이겨 내야만 했다.

"괜찮다.
괜찮다.
금방 나을 거야.
괜찮아.
안 죽어."

스스로에게 위안을 건넸다. 손으로 어깨를 토닥토닥 두드렸다. 내가 나에게 말을 건네는 건 엄마에게 사랑한다고 말하는 것만큼이나 쑥스러운 일이었는데 막상 하고 나니 별것 아니었다. 그리고 이내 그 말들이 마음에 들어와 자리를 잡고 앉았다. 혼자라는 사실이 끔찍하게도 외로웠지만, 더 이상 외로운 것에 흔들리지 않았다. 나는 내가 있으니까.

그날 이후, 낯선 곳으로 떠나고 새로운 결정을 하는 일에 조금 더 과감해졌다. 낙담하는 순간마다 내가 나를 버리지 않고 안아 줄 수만 있다면 두려울 것은 없었다.

Latvia, Kuldiga

MOMENT 14 너의 일상, 나의 여행

주황색 티셔츠를 입은 저 소년은 무슨 생각 중이었을까. 짙은 바다보다 먼저 눈에 띈 건 소년의 티셔츠 색깔이었다. 주황색의 튤립을 연상케 하는, 푸른 바다에 대비되어 멀리서도 한눈에 들어오던 색. 소년은 바다를 배경으로 두고 앉아 귀에 이어폰을 꽂은 채로 손에 있는 무언가를 한참 바라보고 있었다. 안 좋은 일이 있었던 걸까. 사랑하는 사람과 흐트러진 일이 있었을까. 아니면 그저 노래나 듣고 바람이나 쐬자며 나온 걸지도 모른다. 바다를 보러 와서는 소년 생각으로 한참을 보냈다.

Malta, Valletta

시간이 지난 지금도 가끔 소년을 떠올린다.
여전히 그곳에 머물고 있을지,
종종 바다를 보러 나올지,
나는 이곳에 있는데 소년은 어디에 있을지.

누군가의 일상에
잠시 머물다 가는 것만으로도
내겐 여행이었다.

나의 첫 세계여행 목적지는 아일랜드였다. 영화 <원스>를 보고 나서 저곳에 한 번 살아 보고 싶다는 꿈이 생겼기 때문이었다. 황량하고 우울해 보이는 사람들 속에서도 거리에는 노래가 가득하고, 낮부터 맥주에 취해도 아무렇지 않은 그들의 삶이 궁금했다. 결정적으로는 일 년 내내 날씨가 좋지 않기로 유명한 곳에서도 노란 꽃이 피는 킬라이니 힐에 반해서였다. 궂은 날씨와 예쁜 꽃이라니. 게다가 복잡한 도시가 아닌 조용한 주택가라 좋았고, 매일 걸어서 항구에 닿을 수 있다는 것까지 완벽했다.

킬라이니 힐에서 걸어서 한 시간 반이 걸리는 곳에 집을 계약하고, 나는 온전히 살아 있음을 느끼고 싶을 때마다 그곳에 올랐다. 비가 떨어지는 날에도, 폭염주의보가 내려진 날에도 어김없이 언덕에 올라 노래를 듣거나 아무도 모르는 곳에 홀로 앉아 있었다. 나는 그곳에서 눈을 감고 내가 어디에 있는지, 어디까지 왔는지, 얼마나 대단한 일을 해냈는지를 생각했다. 그러고 다시 눈을 떠 꿈꾸던 곳에 앉아 있는 나를 보며 잘 살고 있다고 위안했다. 노란 꽃들이 바람에 흔들렸고 언덕에는 비구름이 몰려왔다. 꿈과 현실이 동시에 눈앞에 있었다.

눈을 감고 뜨면,

다시 그곳에 있을 수 있을까.

Ireland, Dalkey

사진 속에 있는 나를 보며 묻고 싶었다. 정말로 행복했냐고.
외로운 정류장, 동생과 둘이서 빵 하나에 이름 모를 수프 하나
를 시켜 놓고 소피아행 버스를 기다리던 날이었다. 우리는 수
프를 좋아해서가 아니라 제일 작은 숫자의 메뉴를 주문한 것
이었다. 흐물흐물하고 어떤 맛인지 알 수 없는 음식이었지만
후추를 엄청 뿌리고는 뜨끈한 육개장 맛이 난다며 웃으면서
먹었다. 겨울이 다가와 낙엽은 힘없이 제자리를 굴러다니고,
바람이 차 배낭에 있던 옷을 잔뜩 껴입던 그 시절. 매일같이
우중충한 하늘에서 비실대는 비가 내려 추웠고, 누군가와 함
께 있어도 외로웠으며, 풍족하지 못한 주머니가 제일 귀중한
여행이었다. 사진 속에 있는 나를 보며 묻고 싶었다. 정말로,
정말로 행복했냐고.

88

하지만, 구르기를 멈춰 버린 낙엽과 다르게 기억은 제자리에
있지 않다. 세월의 힘으로 여기저기 도망 다니다 보니 그토록
궁상맞고 우중충했던 그 시절이 뭐라고 사진만 봐도 눈물이
난다. 궂은 날씨보다는 뜨끈했던 수프가, 오지 않는 버스를 미
워하던 것보다는 동생과 바닥에 앉아 과자를 나눠 먹던 기억
만이 생생하다. 참 좋았었지. 편집된 기억으로 잠깐 과거에 산
다. 과거는 과거일 뿐이라고 하지만, 과거에는 다가올 날들은
알려 주지 못할 힘이 있다. 시간이 지날수록 더욱 짙어지는 기
억. 그땐 몰랐고 지금은 알 수 있는 것들 말이다.
그 시절의 내가 행복했는지 아닌지는 더 이상 의심할 필요가
없을 것 같다. 그저 오래도록 이 기억을 사랑하겠다고 말했다.
내 마음에 남아 있는 그 과거가 부디 내내 안녕하길 바란다.

Bulgaria, Sofia

Q. 당장 떠날 수 없는 지금, 가장 그리운 것은 무엇인가요?

A.

Italy, Venice

Slovenia, Bled

Q. 생각만으로도 설레는 유럽의 풍경이 있나요?

A.

누군가와 간절히 대화가 하고 싶던 날이 있었다.
열린 문 밖으로 또르르 굴러가는 저 낙엽이라도
잠깐 멈춰 내 이야기를 들어주면 좋겠다고 생각
했다. 그뿐인가. 우산 살 돈이 아까워 비를 맞으며
기차역으로 달려가던 날. 커플의 스킨십을 뒤에
서 바라보던 날. 가족이나 친구와 함께 여행 온 사
람들과 마주쳤던 날.

혼자 여행을 하던 시절의 내게 수많은 순간들은
외로움으로 기록되고 있었다. 가끔 홀로 떠나온
이들을 만나 혼자 하는 여행에 대한 이야기로 저
녁을 가득 채운다든지, 누가 더 쓸쓸한 순간을 자
주 맞이했는지에 대한 열변을 토하며 시시한 고
통을 털어놓는 것이 유일한 외로움 해소제였다.

Czech, Prague

Germany, Bamberg

MOMENT 18 **혼자가 아니었다**

자주 혼자 여행을 떠났지만 늘 혼자인 것은 아니었다. 길 위에
서 마주친 현지인들, 도미토리에서 만난 여행자들, 밥을 같이
먹기 위해 구했던 동행들, 그리고 내 안의 또 다른 나까지. 매
일 내 작은 우주에서 벗어나 다양한 가치관을 가진 사람들의
이야기를 들었다. 누군가는 틀린 답이라고 이야기했던 삶을
자신만의 정답으로 만들어 가며 살고 있는 사람들을 만나고,
그 이야기를 되새기며 나만의 가치관을 묵묵히 새겨 나갔다.

외롭다는 말이 마치 여행의 장식품이라도 되는 것처럼 입 밖으로 꺼내길 계속했지만, 그럼에도 여행을 멈추지 않았던 건 여전히 함께하는 것들이 있었기 때문이다. 그 어디에서도 나와 연결고리를 찾을 수 없는 이방인의 일상에도 익숙해지는 아침이 있었고, 오고 가는 길에서 인사를 건네던 낯선 이가 있었고, 고독함과 황량함 사이에서도 보고 싶은 사람이 있었으며, 넘어지는 순간마다 괜찮다고 말해 줄 내가 있었다.

어쩌면 나는 외로우려고 이 여행을 떠나왔으리라. 외로움과 쓸쓸함 속에서도 자유로이 방황하는 나를 만나려고 이 먼 곳까지 닿으려 했을 것이다. 그러니 종종 지나치는 인연들은 선물이었고 풍경들은 안정제였으며 찾아오는 고독은 축복이었다. 모든 여행의 분자가 행복과 낭만으로 가득 차는 일은 불가하다는 사실은 뻔하지만, 외로움과 상실은 그 낭만을 위한 준비 과정이라는 건 겪기 전까지는 알기 어렵다. 그러니 나는 누구도 제재하지 않는 일상 속에서 가끔은 외롭고 가끔은 자유롭고 또 가끔은 함께하면서 이 여행길을 오래도록 걷고 싶다.

MOMENT 19 **다시 아침이 온다**

겨울이 물씬 다가왔음에도 여전히 가을빛이 촉촉이 남아 있는 아침. 저 멀리 해가 떠오른다고 말하려는 듯 작은 새들이 머리 위에서 노래하기 시작했다. 갖가지 빵과 잼, 계란과 커피. 특별할 것 없는 유럽식 아침을 먹으면서도 토스카나에서는 삶에 즐거움밖에 남지 않은 사람처럼 아침을 맞이하고는 했다. 매일 아침 이 장면과 함께할 수 있다면, 그게 내 인생의 마지막 목표라면 꽤 열심히 살 수 있을 것만 같은 생각이 들었다.

Italy, Toscana

3년이 지난 지금,
토스카나 사진 한 장을 손에 쥐고
그날을 잔뜩 추억하고 있다.
그때의 생각대로 이뤄질지는 여전히 알 수 없지만,
그럴 수 있다면 오늘의 고민쯤은
아무것도 아닐 것이다.
사느라 바빠 잃어버렸던 꿈을
사진 한 장으로 다시 찾는다.

옅어졌던 마음이 돌아오는 걸 보니
나는 여전히 꿈꾸며 살고 싶나 보다.

Moment in Europe

DEAR
MY
EUROPE

Austria, Hallstatt

MOMENT 20
여전히 빛나는 것

우리는 가슴속에 작은 꿈 같은 것을 품고 살지요.
그 꿈은 가만히 있다가 꼭 여린 밤에 은근히 찾아오고는 합니다.
잊고 지내다 사라지려고 할 때면 한 번씩 발버둥을 칩니다.
나도 살아 숨 쉴 수 있는 존재라고,
아직 여기에서 빛나고 있다고 작은 것들이 이야기합니다.

크고 화려하게 살고 싶지는 않습니다.
다만 그 작고 여린 것들이
발버둥 칠 때 부디 알아줄 수 있는,
언제고 희망을 품고 살 수 있는 사람이 되고 싶습니다.

Greece, Santorini

France, Paris

각국의 여행자들과 파리지앵이 모인 저녁의 샹
드막스 공원. 누군가의 웃음소리, 고함 소리, 갖
가지 언어들이 북적대는 곳이지만 왠지 모르게
나는 멈춰 버린 기분이 들었다. 잠깐 세상의 소음
을 지운 채로 눈을 감았다. 눈에 가득하던 에펠탑
의 잔상이 점점 흐려졌다. 이내 온전한 어둠이 찾
아왔을 때, 빛은 눈으로 들어와 기억의 작은 공간
으로 흘러 조용히 안착했다. 이 밤을 찬란하게 만
드는 유일한 존재인 에펠탑은 새까만 어둠에도
많은 이들에게 환한 즐거움이 머물다 가게 했다.
가을밤은 깊어 갔고 사람들은 너 나 할 것 없이
즐거워 보였다. 계절이 주는 안도감 때문인지, 아
니면 몇 잔의 와인에 취해서인지 절대 사 먹을 리
없다고 생각했던 바가지 잔뜩 씌운 와인을 샀다.
이 감정을 조금 더 유지하기 위해서라면 그깟 돈
은 아무것도 아닌 것처럼 느껴졌으니까.

와인 세 병에 파리의 밤을 가득 담았다.
오늘만큼은 취해서 공원을 뛰어다녀도,
비에 홀딱 젖어 감기에 걸려도 괜찮겠다고 생각했다.

빛이 아른거리는 한 계절이 지나가는 길목이었
다. 유럽의 3대 야경으로 불리지 않으면 서운해할
것 같은 부다페스트의 명물 국회의사당 앞에 앉
아 인생에서 중요한 것은 무엇인지, 어떻게 살아
야 잘 사는 것인지 이야기하고 있었다. 인생에 대
해 제멋대로 정의 내리는 시절이었지만, 그 앞에
서는 왠지 내가 생각하는 것들이 인생의 진리처
럼 느껴졌다. 와인을 한 잔 들이켜며 말했다.

"나는 이렇게 여행하면서 살고 싶어요. 누가 뭐래
도 내가 좋아하는 일을 하면서 살 거예요. 그럴 수
있을 것 같아요! 아르바이트를 하든 뭘 하든, 여행
하면서 살 수만 있다면 그것이 내 인생을 잘 사는
거라고 생각해요."

당찬 스물두 살이었다. 그 시절의 나는 인생의 목
표를 정확히 알고 있었고, 스스로에 대한 믿음이
확고했다.

110

그날과 같은 계절이 돌아온 8년 후의 오늘, 대체로 나는 그때의 나를 잊고 지낸다. 여행의 힘이었을지도 모르지만 시간은 꽤 많은 걸 바꿔 놓았다. 하지만 모든 것이 멈췄다고 빛이 사라진 건 아니다. 어둠이 찾아오지 않으면 제 빛을 발휘하지 못할 부다페스트의 밤처럼, 나 역시 찬란한 색을 온전히 발휘할 수 있는 날까지 기꺼이 어둠 속을 걸으리라고 생각했다. 비록 빛이 약해졌을지라도 여전히 살아 빛나고 있으니.

Hungary, Budapest

KEEP A DIARY

YY/MM/DD

☐ MON ☐ TUE ☐ WED ☐ THU ☐ FRI ☐ SAT ☐ SUN

KEEP A DIARY

YY/MM/DD

☐ MON ☐ TUE ☐ WED ☐ THU ☐ FRI ☐ SAT ☐ SUN

KEEP A DIARY

YY/MM/DD

☐ MON ☐ TUE ☐ WED ☐ THU ☐ FRI ☐ SAT ☐ SUN

KEEP A DIARY

YY/MM/DD

☐ MON   ☐ TUE   ☐ WED   ☐ THU   ☐ FRI   ☐ SAT   ☐ SUN

WRITE YOUR DREAMING OF TRAVEL

WRITE YOUR DREAMING OF TRAVEL

sweet
doing
nothing.

아무것도 하지 않아도 좋은 _____ 순간

Czech, Prague

거리를 걷다 잠시 멈춰
누군가의 노래에 집중했던 그 여유가 그립다.
해가 떨어지는 골든타임.
목소리와 햇살이 눈부신 거리에 서서 한참 동안
누군가의 연주를, 노래를, 인생을 보려고 머물렀다.
그들의 목소리가 곧 나의 여행이 되고는 했는데.
여전히 그 자리에서 노래를 부르고 있을까.
아니면 그들도 나처럼 그날을 그리워하고 있을지도 모르겠다.
한때 찬란했던 그 시절,
언젠가 다시 길 위에서 노래할 날을 기다리며.

Portugal, Lisbon

ARTIST
FAMILY OF THE YEAR

TITLE
▶ HERO

ARTIST
JOHN LEGEND

TITLE
▶ ALL OF ME

ARTIST
VANCE JOY

TITLE
▶ RIPTIDE

ARTIST
LASSE LINDH

TITLE
▶ HIGH AND DRY

ARTIST
CARLA BRUNI

TITLE
▶ L'AMOUREUSE

ARTIST
GAVIN JAMES

TITLE
▶ NERVOUS

ARTIST
KINGS OF CONVENIENCE

TITLE
▶ HOMESICK

ARTIST
MIKE PERRY

TITLE
▶ THE OCEAN

ARTIST
AVICII

TITLE
▶ WAKE ME UP

PLAYLIST OF THE MOMENT

ARTIST

TITLE
▶

ARTIST

TITLE
▶

ARTIST

TITLE
▶

ARTIST

TITLE
▶

ARTIST

TITLE
▶

ARTIST

TITLE
▶

ARTIST

TITLE
▶

ARTIST

TITLE
▶

ARTIST

TITLE
▶

여름이 성큼 다가왔다. 선풍기는 돌아가는데 어
쩐 일인지 나는 여전히 여름을 기다린다. 여름이
오면 떠날 수 있을 거라는 계절이 주는 기대감 때
문이랄까. 지독하게 더운 날에는 늘 시원하고 푸
른 바다가 있는 곳으로 떠나는 상상을 했으니까.

나는 여름 초입의 향이 그리워 자꾸만 여름을 기
다린다. 언제고 아름다웠던 우리의 여름을.

Slovenia, Bled

MOMENT 25 **모든 마음은 흘러간다**

스위스 기차를 타고 산을 넘는 순간은 매 분 매 초가 다르다.
비가 내렸다가, 궂은 구름 속에서 해가 떴다가, 뜨거운 여름이
었다가, 다시 한겨울의 바람이 불기도 한다. 융프라우로 향하
는 그날의 기차 밖 풍경도 시시때때로 변했다. 온 계절을 한곳
에 담아 둔 액자처럼 스위스의 날씨는 여러 모양으로 찾아왔
다. 변덕스러워 종잡을 수 없는 사람의 마음 같았지만, 그래도
좋은 게 있다면 궂은 날씨라고 해서 하루 종일 침울해 있을 필
요가 없다는 것이었다. 언제 다시 파란 하늘이 찾아올지도 모
르는 거니까.

창밖 풍경이 지나가고 날씨가 변하듯 우리의 인생도 계속해
서 변화한다. 행복이 머물다 가는 것처럼 슬픔도 왔다가 떠나
가기 마련이다. 그러니 너무 그 감정에 마음 주지 말자. 우리
는 그저 원하는 목적지에 잘 도착해 새하얀 만년설을 만끽할
마음으로 살아가면 되는 것이다.

Switzerland

Q. '여행'과 '계절'은 참 잘 어울리는 단어예요.

봄의 토스카나, 여름의 지중해, 가을의 파리, 겨울의 헬싱키.

당신은 어느 계절에, 어떤 도시로 떠나고 싶나요?

A.

Spain, Frigiliana

Switzerland, Interlaken

Q. 꿈같은 순간처럼 기억되는 여행이 있나요?

A.

우리가 한 그루의 나무라면
바람이 나를 흔들게 내버려 두세요.

그저 흔들리는 대로
바람에 맞춰 춤을 출 수 있는 사람이 된다면 좋겠어요.

Switzerland, Grindelwald

유럽 여행의 좋은 점 중 하나는 대부분의 국가들을 하늘길이 아닌 버스나 기차를 타거나, 차 또는 배를 이용하거나 혹은 걸어서도 이동할 수 있다는 것이다. 비행기를 타면 목적지에 단숨에 도착할 수는 있겠지만, 본디 여행의 즐거움은 목적지로 향하는 길에서 일어나기에 후자를 택했다.

이름만 들어도 낭만을 불러일으키는 리스본행 야간열차만큼은 아니었지만, 나는 그날 프라하에서 취리히로 향하는 야간열차에 탑승했다. 배낭이 툭툭 부딪칠 만큼 복도가 좁았지만, 문 하나를 여는 순간 또 다른 세상이 펼쳐졌다. 3평 남짓한 공간에 적절히 배치된 2층 침대와 화장실. 누우면 세상을 한품에 안을 수 있는 큰 창과 침대 위에 수줍게 놓인 어메니티들. 때마침 창밖으로 해 질 녘의 풍경이 시시각각으로 변하고 있었다. 노래 한 곡을 틀어 두고 침대에 누워 창문을 바라봤다. 맥주 한 잔만 마신다면 더할 나위 없을 것 같았다. 건조하지만 포근한 히터의 열기에 잠깐잠깐 졸다가, 이윽고 풍경을 마주하기 위해 일어났다.

143

비행기나 배와는 다른 낭만이 이곳 기차에 있었다.
나는 그것을 작은 여행이라 부르고 싶다.

MY TRAVEL ROUTE

☐ EXHIBITION   ☐ CONCERT   ☐ MOVIE
☐ SPORT   ☐ MUSICAL   ☐ TRAVEL   ☐ _____

TICKET HERE

TITLE

DATE

☆ ☆ ☆ ☆ ☆   / 100

COMMENT

TICKET HERE

TITLE

DATE

☆ ☆ ☆ ☆ ☆   / 100

COMMENT

☐ EXHIBITION ☐ CONCERT ☐ MOVIE

☐ SPORT ☐ MUSICAL ☐ TRAVEL ☐ _____

TICKET HERE

TITLE
_____

DATE
_____

☆ ☆ ☆ ☆ ☆   / 100

COMMENT

TICKET HERE

TITLE

DATE

☆ ☆ ☆ ☆ ☆   / 100

COMMENT

끝없는 아드리아해가 보이는 크로아티아의 한 작은 섬.
돌멩이가 하얀 바다를 눈앞에 두고 책을 읽고 있었다.
제각각 행복을 누리는 사람들의 소리에 글자들이 눈으
로 들어와 머리에서 빠져나가기를 반복했지만, 그들을
바라보는 것만으로도 평온함이 느껴졌다. 바닷물은 고
요히 머물다 떠나갔다. 해가 반대쪽으로 넘어갈수록 바
다에서 빛이 났다. 오늘의 윤슬이 제 반짝거림을 끝낼
때쯤, 벗어 둔 티셔츠를 입고 오프너가 없어 미처 따지
못한 와인병을 품에 안고서 집으로 돌아갔다.
그곳에선 아무것도 하지 않는 날이 대부분이었다. 종일
숙소에 있는다거나, 집 앞 바다를 산책한다거나, 먹고
싶은 아이스크림을 사 먹으러 가는 일이 하루 일과의
전부였다.

그런 날들을 사랑했다. 그 바다가 좋아서였다기보다, 아무것
도 하지 않아도 아무렇지 않을 수 있는 내 모습이 좋아서였
다. 여행을 사랑하는 이유가 그런 것처럼.

Croatia, Rabac

Croatia, Rabac

Croatia, Rabac

MOMENT 29 오늘이 간다

먼지처럼 쌓여 있던 걱정들이 하나
둘 떠나가기 시작했다. 해가 지평선
너머로 타들어 갈수록 지난날들도
동시에 흐려지는 기분이었다. 눈을
감고 과거의 나로 돌아갔다가, 눈을
뜨고 지금 내가 여기에 서 있다고 이
야기해 준다. 결국 여기까지 오게 되
었다고. 차마 이루지 못할 것만 같았
던 그 순간이 지금 내 눈앞에 있다고.
그간 어지러웠던 마음들이 조금씩
제자리를 찾아간다.

Macedonia, Ohrid

일몰을 보는 시간에는 언제나 마음이 경건해졌다. 오늘 하루도 숱한 감정들 사이에서 잘 살아 냈다는 칭찬과 함께 곧 잊힐 고민들을 지는 해에 담아 보내는 시간을 가졌다. 그래서 유럽을 여행하며 노을 지는 황금 시간대를 놓치는 일은 거의 없었다. 제일 사랑하는 시간이기도 했지만, 해와 바람 그리고 끝이 없는 바다를 보며 내가 살아 있음을 느끼기 가장 좋은 순간이었기 때문이다.

바람을 타고 먼 바다의 지평선까지 걸어 본다. 살결에 내일이 닿는다. 다가올 내일이 있다는 것, 그것만으로도 오늘의 하루는 충분히 의미 있는 것이다.

Switzerland, St. Gallen

언제나 그곳에

"그리운 것들은 이미 지나간 것이지만
우리가 그 시간을 기억하기만 한다면
마음속에서는 언제나 그곳에 있을 수 있어."

France, Lake of Sainte-Croix

Moment in Europe

Moment in Europe

Spain, Frigiliana

*full
of
emotion.*

감정이 충만해지는 _____ 순간

MOMENT 31

지금 내게 무엇이 가장 하고 싶냐고 묻는다면

여행이 너무 떠나고 싶고
배낭에 옷가지를 넣으면서
뭘 빼면 좋을지 고민하고 싶고
사람이 엄청 많은 출국장에
아무렇지 않게 줄을 서 있고 싶고
차가운 기내식을 먹으면서도 행복해하고 싶고
두 다리가 퉁퉁 부어도 처음 만난 온도와
새로운 냄새, 바람을 맞이하고 싶고
꿉꿉하고 습한 밤공기가 진득한 곳에서
딱 맥주 한 잔만 하고 싶다.

Malta, Golden Bay

France, Arles

MY TRAVEL PLAN

_____ / _____ /

☐ TO DO
☐ WISH
☐ FOOD
☐ PLACE
☐ _____

☐
☐
☐
☐
☐
☐
☐
☐
☐
☐
☐
☐
☐
☐
☐

MY TRAVEL PLAN

_____ / /

- [ ] TO DO
- [ ] WISH
- [ ] FOOD
- [ ] PLACE
- [ ] _____

- [ ]
- [ ]
- [ ]
- [ ]
- [ ]
- [ ]
- [ ]
- [ ]
- [ ]
- [ ]
- [ ]
- [ ]
- [ ]
- [ ]
- [ ]

MY TRAVEL PLAN

/ /

- [ ] TO DO
- [ ] WISH
- [ ] FOOD
- [ ] PLACE
- [ ] _____

- [ ]
- [ ]
- [ ]
- [ ]
- [ ]
- [ ]
- [ ]
- [ ]
- [ ]
- [ ]
- [ ]
- [ ]
- [ ]
- [ ]
- [ ]

MY TRAVEL PLAN

/   /

- ☐ TO DO
- ☐ WISH
- ☐ FOOD
- ☐ PLACE
- ☐ _____

☐ _____
☐ _____
☐ _____
☐ _____
☐ _____
☐ _____
☐ _____
☐ _____
☐ _____
☐ _____
☐ _____
☐ _____
☐ _____
☐ _____
☐ _____

France, Paris

마스크를 끼지 않고 청량한 햇살을 맞으며 파리
의 골목골목을 걷던 날들. 코에 닿는 바람의 온도
를 느낄 수 있던 계절. 사람들의 대화 소리가 거리
를 가득 채우고, 낮부터 와인을 마시는 그들의 불
그스름한 취기가 나를 부르곤 했다.

당연하게 생각했던 일상의 감정들이 한순간에 다
시는 만나지 못할지도 모르는 먼 기억이 됐다. 그
때로 돌아갈 수 있다면 얼마나 좋을까.

다시 그날을 만난다면 나는 그림 같은 곳에서 자
유로운 한량처럼 휠휠 뛰어다니고 싶다. 여기저기
온 색을 담은 상점들을 구경하고, 사람들의 웃음
소리에 맞장구치고 싶다. 돈을 아낀다며 가 보지
못했던 햇살이 쏟아지는 식당에 앉아 점심을 먹
고, 줄이 길게 늘어진 커피 맛집에서 땀 흘리며 내
차례를 기다리고 싶다. 해가 지면 에펠탑 앞 샹드
막스 공원에 누워 온 세상 사람들의 이야기에 집
중하고, 와인에 취해 내가 파리에 있다는 사실에
뿌듯해하며 길을 걷고 싶다. 아, 그리워라.

183

Bosnia and Herzegovina, Mostar

Q. 죽기 전에 유럽의 단 한 곳만 갈 수 있다면 어디를 선택할 건가요?

A.

Q. 그곳에 있다고 상상해 보세요.
   나를 위한 선물을 산다면 어떤 것을 고를 건가요?

A.

Q. 유럽에서 먹은 잊지 못할 음식이 있나요?
혹은 유럽에 가면 꼭 먹어 보고 싶은 음식은요?

A.

Romania, Brasov

당신의 첫 비행을 기억하나요?

나의 첫 장거리 비행은 아일랜드행이었다. 인천에서 출발해 두바이를 거쳐 아일랜드 더블린으로 가는 장장 열일곱 시간의 긴 여정. 태어나서 쭉 경상도에 살았기 때문에 인천공항 근처에는 가 볼일이 전무했다. 서울에서 바다를 보려면 그쪽으로 가야 한다는데, 나는 온 사방이 바다인 곳에 살았으니까.

이름만 들어도 크고 대단해 보였던 공항으로 향하던 날. 부산 노포동 터미널에서 공항행 버스에 오르기 전, 부모님 그리고 동생과 언니에게 밤의 감성을 버무린 편지와 함께 처음으로 용돈을 건넸다. 그걸 쓰며 밤새 울었는데, 가족들도 편지를 읽으며 그랬을지는 부끄러워서 아직까지 물어본 적이 없다.

Portugal, Lisbon

버스에 탄 나에게 인사를 하는 가족들을 보며 대성통곡을 했다. 우는 모습을 들키고 싶지 않아 급하게 선글라스를 꼈다. 씩씩한 척하고 싶었는데 엄마 아빠가 그걸 몰랐을 리 없다. 건강하게 다녀오겠다고, 매일 연락하겠다고, 믿어 줘서 고맙다고 말하고 싶었지만 그저 손만 열심히 흔들었다. 세차게, 보고 싶을 마음만큼 아주 세차게. 버스가 출발했고 나는 진짜 혼자가 됐다. 두려움이 밀려올 때마다 이 여행을 꿈꿨던 날들을 떠올렸다.

다섯시간 반을 달려 도착한 인천공항. 생각했던 것보다 훨씬 웅장한 모습에 조금 위축됐지만 여기까지 왔다는 사실에 금세 우쭐해졌다. 그 누구도 나에게 관심이 없었지만 공항을 걷는 누구보다도 내가 대단해 보였다. 두려움보다는 앞으로의 내 인생이 얼마나 재밌을까 하는 여행자의 마음뿐이었으니 말이다. 체크인을 하고 게이트에 들어가기 전, 그 감정을 기억하고 싶어서 한참을 의자에 앉아 일기를 썼다. 휴대폰을 잃어버리는 바람에 지금은 일기 내용이 잘 기억나지 않지만, '나는 괜찮다! 잘할 수 있다!' 정도의 내용이었던 것 같다. 들키고 싶지 않던 그 시절의 마음이 담겨 있었을 것이다.

밤 11시 55분 비행기. 황금색의 시트와 멋들어진 좌석. 처음
맡아 본 낯선 냄새가 가득했지만 좋은 노래가 흘러나왔고, 따
뜻하게 환영 인사를 건네는 승무원분들 덕에 이내 가슴이 다
시 설레기 시작했다. 창가에 자리를 잡고 창밖을 바라봤다. 가
족에게 문자를 보내고 이어폰을 꽂았다. 플레이리스트는 당
연히 여행을 꿈꾸며 밤마다 아르바이트를 하면서 숱하게 들
었던 Lasse Lindh의 Fix Your Heart.

이윽고 비행기는 거칠고 대단한 소리를 내며 하늘로 올랐다.
누군가의 꿈과, 누군가의 일상을 싣고서.

당신에게도 잊지 못할 여행의 순간이 있나요?
기록하지 않으면 사라질지도 모르는 소중한 순간을 남겨 보세요.

/   /   /   /   /   /

/   /   /   /   /   /

Austria, Vienna

Germany, Fussen

Switzerland, Zermatt

France, Paris

오전 여덟 시, 파리의 메트로. 불완전한 소리의 에스컬레이터를 타고 내려오면 역내에는 크루아상 냄새가 잔뜩 퍼져 있다. '그래요, 여기가 프랑스랍니다' 하고 알려 주는 아침의 향기 같다. 일정하지 않은 속도로 지하철이 들어오고, 이내 버튼을 누르면 문이 불친절하게 열리고 닫힌다. 오가는 사람들로 분주했던 공기가 어느새 차분히 가라앉는다. 단 한 칸의 지하철 안에서 누군가는 묵묵히 하루를, 누군가는 가슴 뛰는 저마다의 아침을 연다. 케케묵은 열차 냄새가 코를 간질이지만, 파리에서는 이마저도 왠지 낭만처럼 느껴진다. 평소의 출근길이라면 무슨 냄새냐며 코를 틀어막았을 텐데 이곳에서는 '이게 파리의 지하철 냄새구나!' 하고 기억에 소중히 저장해 둔다. 창밖으로 푸른 나무의 환영과 그 뒤로 흐르는 센강을 보며 내가 파리에 있음을 실감한다.

199

여름빛이 창문에 부딪치며 소리를 낸다.
에펠탑이 점점 가까워진다.

지중해에 가고 싶다. 뜨거운 해가 내리쬐는 파라솔 아래에 앉아 화이트 와인을 한 모금 넘기면 온 바다가 내 것이 된 것 같았다. 잘게 부서지듯 밀려오는 파도 소리를 들으며 바다에 둥둥 떠다니던 일, 젤라또를 들고 촉촉해진 밤의 골목을 누비고 다니던 일, 광장에 앉아 누군가의 기타 소리에 흠뻑 빠져 시간 가는 줄 몰랐던 기억들까지. 노천 바에 앉아 술을 한잔하는 날에는 지나가는 비둘기 한 마리까지 사랑할 수 있을 것처럼 느껴졌다.

겨울이 부쩍 다가와서일까. 차가운 공기가 살에 닿기만 해도 그 시절의 기억이 한창이 된다. 오늘도 여전히 작은 방에 앉아 지나간 기억을 훔쳐보고 있다. 향수는 지우려 할수록 진해지는 법이라더니, 더욱 선명해지는 마음을 애써 달래기 위해 사진 곳곳에 남겨 온 흔적들을 보며 산다. 지중해의 시원 찹찹한 바다 냄새를 언제든 꺼내어 맡을 수 있다면 진즉에 병 하나에 가득 담아 왔을 텐데.

Mediterranean Sea

사진 속에는 너무 부러운 과거의 내가 있었다.
저 때도 분명히 이 순간이 보고 싶어질 거라고
이야기했었는데. 싱그럽게 웃고, 뛰고, 오른쪽
금니가 다 드러날 만큼 즐거워하는 내 모습을
보면서 그리움에 코가 씰룩거렸다. 방에 앉아
여행 사진을 보고 나니 벌써 몇 번의 계절이 지
나가 버렸다.

Switzerland, Engelberg

언젠가 또다시
내가 가진 표정 중에서 가장 좋아하는 얼굴을 하고
불어오는 바람에게 머리칼을 내어 주며
살아 있음을 느끼는 하루를 보낼 수 있기를.

KEEP A DIARY

YY/MM/DD

☐ MON ☐ TUE ☐ WED ☐ THU ☐ FRI ☐ SAT ☐ SUN

KEEP A DIARY

YY/MM/DD

☐ MON   ☐ TUE   ☐ WED   ☐ THU   ☐ FRI   ☐ SAT   ☐ SUN

KEEP A DIARY

☐ MON ☐ TUE ☐ WED ☐ THU ☐ FRI ☐ SAT ☐ SUN

YY/MM/DD

☐ MON ☐ TUE ☐ WED ☐ THU ☐ FRI ☐ SAT ☐ SUN

MOMENT 37 **우리가 여행을 떠나는 이유**

북적이는 식당에서 조식을 먹고, 머리를
질끈 묶고선 세상 가장 편한 옷차림으로
숙소 앞 카페에서 글을 쓰곤 했다. 그 순
간을 그렇게도 좋아했던 건 단순히 그날
의 날씨 때문만은 아니었다. 그때만큼은
잠시 머물다 가는 여행자가 아니라 몇 날
며칠이고 카페에 앉아 커피 한 잔에 글 다
섯 편을 써 내는 멋진 작가가 된 것만 같
았다. 물론 지금 앉아 있는 카페가 소개팅
하는 사람들로 가득 차 있다거나, 프렌치
토스트가 제값을 하는 맛이라는 등의 별
볼 일 없는 글이었지만.

Hungary, Budapest

우리는 가끔 나로부터의 탈출을 꿈꾼다. 내 육체와 정신을 내려놓고 오롯
이 왔다 가는 마음으로만 사는 일 말이다. 그래서 많은 이들이 여행길에 오
른다. 불필요한 수식어가 붙는 '누군가'에서 해방되어 여행을 할 때만큼은
비로소 또 다른 내가 되는 일, 이름 모를 이방인의 존재로 타인의 일상에서
나만의 특별함을 찾는 일, 온전히 마음으로만 움직이는 일을 하려고 이 멀
리까지 떠나오는 것이다.

Austria, Vienna

Q. 당신에게 여행은 어떤 의미인가요?

A.

Q. 여행을 떠나는 가장 큰 이유는 무엇인가요?

A.

Portugal, Porto

MOMENT 38 **안아 줄게**

떠나는 행위를 사랑했던 여행자로서 적잖이 우울한 요즘.
당장 여행을 떠나지 못해서라기보다는
내가 기억하는 소리와 냄새와 사랑들이
모두 마지막이 될까 두려워서였다.
보고 싶은 기억은 마음이 연약해질 때마다 여기저기로 비집고 들어왔다.
분주한 조식당의 수저 부딪치는 소리,
이른 새벽에 일어나 짐을 싸는 옆 침대 여행자의 소리,
적적한 새벽 공항의 소리,
랜드마크 앞 사람들의 웅성거리는 소리,
입국장 문이 열리자마자 풍겨 오는 각 나라들의 첫 냄새와
빛이 일렁이는 호수와 강의 냄새, 비 오는 골목의 냄새,
오래된 기차의 화장실 냄새까지도.

언젠가 또다시 그 소리와 냄새를 기억해 낼 때
다시 그 앞에 서 있는 날이 온다면
두 팔 벌려 마음껏 안아 주고 싶다.

"1년 후 죽는다면
남은 시간 동안 뭘 하고 싶어?"

"나는 6개월 동안은 여행을 할 거야. 아직 가 보지 못한 땅들에 발자국을 남기고, 사랑해 죽고 못 살던 도시에 다시 가서 마음껏 떠돌고 싶어. 그리고 남은 6개월은 소중한 사람들과 함께 시간을 보낼 거야. 차마 쑥스러워 하지 못했던 말들을 하고, 같이 여행을 하고, 사진도 많이 남기면서. 더 이상 미래 걱정도, 뱃살 걱정도, 돈 걱정도 안 하면서."

누군가 내게 이 질문을 던졌을 때 한 치의 고민도 없이 답할 수 있었다. 사실 여행 말고는 생각나는 게 없었다. 멋진 척 대답을 했지만 말이 끝나자마자 눈물이 왈칵 쏟아졌다. 멋쩍어서 코를 풀며 웃었다.

이렇듯 죽음은 우리에게 많은 생각을 하게 한다. 영원이란 없는 삶의 가치에 대해서, 무의식 속에 넣어 둔 나의 열망에 대해서, 평소에는 쳐다보지도 않던 당연한 것들에 대해서 말이다. 삶에 있어 우리가 명확히 아는 것이라곤 언젠가 죽는다는 자비 없는 현실뿐이지만, 대개는 그것을 감당하며 살아간다. 다만 감당만 하고 살아가기에는 우리도 충분히 삶을 누리고 살 수 있는 사람이 아니던가. 그래서 나는 가끔씩 냉혹한 죽음에 대해 생각하면서 겉보기 좋은 책임감을 털어 버리고는 한다. 죽기 전에 해 보고 싶은 일, 올해가 가기 전에 하고 싶은 일들을 생각하고 종종 나를 위한 소원도 빌면서 내 인생에서 진짜로 중요한 게 무엇인지 질문한다.

Croatia, Plitvice

조금이나마 후회 없이 죽기 위해서.
그 힘으로 조금 더 애틋하게 살아가기 위해서.
나를 위해 주어진 세상의 모든 것들을
사랑하며 살기 위해서.

Q. 죽기 전에 유럽에서 꼭 하고 싶은 것이 있나요?

융프라우 정상에서 컵라면 먹기, 프라하에서 스카이다이빙 하기,

파리 개선문에서 새해 카운트다운 하기 등 어떤 것이라도 좋아요.

당신의 버킷리스트를 작성해 보세요.

Austria, Salzkammergut

Montenegro, Zabljak

MOMENT 40 **약속**

여행만큼은 열심히 하지 말 것.
열심히 하지 않아도 유일하게 죄책감 들지 않는
하나의 행위로 내버려 둘 것.
그저 마음의 크고 작은 공간들까지 열어 환영할 것.

그러면 여행은 우리에게
더 많은 선물을 내어 줄 것이다.

MOMENT 41 즐겁게 내려오는 일

돌이켜 보면 꿈을 향해 달려가던 순간은 언제나 즐거웠다. 무엇이 옳고 그른지, 어디가 빛인지 그늘인지 알지 못하면서도 가고 싶은 길이 있어 힘이 났던 지난날들.

정상에 한 번 올라가면 하늘과 가까이 맞닿은 공기에 끊임없이 그곳에 머물고 싶겠지만, 한편으로는 떨어질까 두려운 마음을 내내 품고 살아야 한다. 그땐 이미 너무 많은 것들을 지녀서 한 발자국을 움직이는 일도 무겁게만 느껴진다.

Montenegro, Zabljak

하지만 나만의 정상에 올라 본 사람은 안다. 하산은 필연적이며, 내려와야
더 높은 산도 올라갈 수 있다는 것을. 물론 지금의 안정감이 주는 포근함에
서 달아나기란 도전을 시작하는 일만큼이나 어려운 것이겠지만 말이다.
그럼에도 불구하고 나는 다시 낯선 선택과 새로운 길 위에 놓이고 싶다. 무
에서 유로, 내가 가는 길이 곧 나의 미래가 되는. 가진 것이 많지 않아도 내
길을 가는 즐거운 사람이 되고 싶다. 나만의 속도에 맞춰 즐겁게, 천천히.

WRITE YOUR DREAMING OF TRAVEL

WRITE YOUR DREAMING OF TRAVEL

혼자여도 좋은 유럽

**PORTUGAL,
PORTO**

골목골목 빈티지스러운 상점, 힙한 카페가 많다. 도우루강을 바라보며 포트 와인을 마시면 마치 세상을 다 가진 것만 같다.

**ENGLAND,
LONDON**

호스텔 작은 방에 여행자들과 모여 크리스마스 이브를 보내던 날이 생생하다. 각국의 여행자들을 만날 수 있는 기회가 풍부한 도시다.

**GERMANY,
BAVARIA**

바이에른 티켓으로 기차를 타고 소도시를 돌아다니기에 적격이다. 뉘른베르크, 밤베르크, 로텐부르크 등이 있다.

232

때로는 부모님과 함께

**CROATIA,
SIBENIK**

눈부신 아드리아해로 둘러싸인 곳. 사계절이 온화하고, 북적이지 않아 조용하게 걸어다니기 좋다. 두브로브니크 못지않은 풍광을 자랑한다.

**SWITZERLAND,
ENGELBERG**

서 있는 곳이 그림이 되는 도시. 치안이 좋기로 유명하고 교통편도 잘되어 있다. 부모님의 어릴 적 로망을 이뤄드릴 수 있는 곳이다.

**AUSTRIA,
ST.GILGEN**

알프스 산맥 아래 푸른 호수, 동화속에 나올 법한 집이 있는 곳. 빛이 좋은 호수 앞 카페에서 부모님과 함께 여유를 만끽하기 좋다.

가끔은 영화 속 주인공처럼

HUNGARY, BUDAPEST

노래를 들으며 세체니 다리를 건너
고, 국회의사당 앞에서 토카이 와인
을 즐겨 보자. 물가가 저렴하고 낮
과 밤 모두 즐길 거리가 많다.

ITALY, TOSCANA

영화 <투스카니의 태양> 배경지.
바람에 흔들리는 사이프러스 나무,
쏟아지는 햇살, 시시각각 변하는 들
판의 색이 아름다운 곳이다.

IRELAND, HOWTH

영화 <원스> 촬영지로 잘 알려진 곳.
날씨가 안 좋기로 유명하지만 그마
저도 운치 있다. 길거리 버스킹을 들
으며 기네스 한 잔도 필수.

씹고 뜯고 맛보고 즐기고

SPAIN, GRANADA

타파스의 고장. 낮에는 알함브라 궁
전을 걷고, 밤이 오면 거리에 즐비
한 바에 들어가 타파스, 상그리아와
함께 하루를 마무리하기 좋다.

CZECH, BRNO

힙스터의 성지로 주목받는 곳. 모라
비아 지역의 와인이 유명하다. 레스
토랑이나 바 투어가 잘 되어 있고,
프라하에 비해 물가도 저렴하다.

ITALY, FIRENZE

특히 트러플 생면 파스타가 유명하
다. 파스타 위에 직접 치즈를 녹여
올려 준다. 꾸덕한 치즈와 쫀득한 생
면, 트러플 향의 조화가 일품이다.

나만 알고 싶은 숨겨진 유럽

CROATIA,
RABAC

지도 하나만 보고 찾아갔던 곳. 아직 많이 알려지지 않은 조용한 휴양 도시다. 숙소 가성비가 좋고 바다의 색과 빛이 정말 예쁘다.

MACEDONIA,
OHRID

발칸의 숨겨진 보석 같은 곳. 평화롭고 고요한 호수 주변 산책만 해도 시간이 금방 간다. 해 질 녘 보트 타기를 강력 추천한다.

MONTENEGRO,
ZABLJAK

여전히 마을에 소들이 걸어다니는 평화로운 곳. 아기자기한 마을과 광활한 대자연을 동시에 만날 수 있다.

현지인의 마음으로

SPAIN,
NERJA

도시와 바다가 함께 있어 바다가 잘 보이는 집에 묵기 좋다. 기차를 타고 안달루시아 여행을 떠나는 것도 추천한다.

FRANCE,
AIX-ENPROVENCE

햇살이 잘 들어오는 집에서 느지막이 일어나 노천 카페에 앉아 여유를 누리고, 장을 본 음식으로 저녁을 해 먹는 하루를 즐겨 보자.

GREECE,
ZACYNTHUS

자전거 타고 동네 마실 가기, 매일매일 색다른 해변에 놀러 가기, 나만의 그릭 샐러드 맛집 리스트 만들기 등을 추천한다.

Malta, Gozo Island

France, Arles

Montenegro, Zabljak

다음 행선지는 유럽입니다.